詩集

空とことばの隙間で

むらやませつこ

土曜美術社出版販売

序文

言葉をたぐり寄せる詩人

中谷順子

むらやませつこさんは観察の詩人です。その観察はよく見るという程度のものではありません。例えば、薔薇の花を見るにも花の〈うなじ〉から入る人です。薔薇が秘める辛さや、生の悲しさ、恥ずかしさを薔薇本体には気づかない背後の白い〈うなじ〉を見つめることであぶり出してくる。そんな凝視の詩人です。

優れた凝視力は、対象の動態を見つめることで擬人法と結びつき、考えごとをする人のように降る雪（「やまない雪」）や、いまだ水になりきれない立ったままの水（「深夜」）、影踏みをして遊んでいる星たち（「影あそび」）、信号機に貼り付き困惑を醸し出す赤い光（「駆ける夕日」）など、自然現象や元素へと広がっていきます。さらに耳音と結びつくことで、嬌声を止めない織機（「打ち捨てられたもの」）、内面の寂しさを吐き出す箒木（「箒木」）、肉体のように立ち上がる古布団（「干す」）などの生活用品の悲哀を見つめ、存在の寂しさを探っています。
擬人法と述べましたが、擬人法などというありきたりな技法から突き抜けていることが分かるでしょう。比喩、暗喩、象徴をとり入れ、含蓄ある洞察力を駆使して、存在を問う思惟の入り口へと誘います。さらに観察は、幻想と結びつき、雪の下に咲く手首の花（「雪のした」）の心象詩を生み出しました。

雪国で育った彼女には、雪への特別な思い入れがあります。その厳粛さ・荘厳さに魅せられ、過酷な生活のなかで生きる辛抱を学んだことでしょう。冒頭に掲げられた詩篇「問い」には、絶対的存在の雪を全身で受け止め、雪と生きる、覚悟と決意が主題をなしています。

雪は問うている／／覚悟はあるのか／／雪は問うている／／覚悟はできたか／…（略）…／答えられぬ問いを／止めようとはしない

（「問い」より）

生きざまを問う雪は、自然の雪を超えて、厳しい現実社会を示す象徴となっていて、そこに生きる覚悟を自問しています。
むらやまさんは、六十歳を過ぎて定年退職をなさってから、詩を始められた方です。学校の先生を長くなさった知性溢れる女性が、文学と無縁だったとは思いませんが、本格的に詩の創作を思われたのは、平成二十七年六月のこと。船橋市教育委員会文化課が主催していた詩作講座に出席なさったことがきっかけでした。その講師であり、千葉市で月ごとに研究会を開催して詩・文芸誌「覇気」を発行していた私は、ご加入を呼びかけ、快くご入会下さいました。最初から巧い詩人でした。私が選者をしている千葉日報新聞の「日報詩壇」へもご投稿下さるようになると、月に三作、四作、五作と増え、頭角をあらわしてどんどん上手くなっていかれるのです。〔雪は泳ぐように　降る／雪は初心者のスイマーのように　降る〕で始まる詩篇「やまない雪」はその頃の作品です。

直線路を潔しとしない雪は／横に逸れ、漂い／彷徨うように／躊躇しながら　降る／／雪は考えごとをする人のように　降る／後ろを振り返り／後悔とあきらめに身を忍びながら　降る

（「やまない雪」より）

降る雪にご自分を重ね合わせて対象に踏み込んでいらして、そのみずみずしい筆致に心奪われました。飲み込みも吸収も早く、勉強を重ね、暗喩や象徴や、認識力でたぐり寄せる表現方法をものにし、平成三十年度・船橋市「詩部門」文学賞を受賞。その後も、あれ

よあれよと上達なさって、上手いですね、とお話すると、次にはもっと上手くなっているという状態なのです。驚きました。
詩篇「深夜」は、夜・闇を背景に、蛇口から滴り落ちる水を描いた佳作です。

カキーンという音は／宇宙の闇に吸い取られ／あたりは静寂という／寂しさを浮き上がらせる〃シンクタンクに立ったまま／いまだ　水になりきれない〃闇には映し込むものは何もない〃裸の水は／透明なまま／未熟なまま／自分が何者かも知らずに／夜の手足に／絡み取られていく
（「深夜」より）

蠢く夜に、ほのかな光を集めて落ちる水を〔裸の水〕と捉えて、〔立ったまま〕と表現したところに、現代社会を垂直に生きる人間存在を思いました。水の属性を巧みにとり込みながら進行させているこの詩篇は、耳音をとり入れ、金属音を立てて暮らす現代人の寂しさを浮かび上がらせます。何者かを知らず、何者にもなれず、生きていく現代人が、社会の闇に絡み取られていく怖さを内包していて、深みある詩に仕上がっています。
あらゆるものの動態を捉える彼女の目は、まるで印象派の画家たちがキャンバスを屋外へ持ち出し描きはじめたときのように、自然現象や光や水のうつろいや、あらゆるものに驚きの目をみはり、詩にしていきます。
むらやまさんの詩には内容の深刻さ・暗さにもかかわらず、力強さと明るさが感じられます。それは、彼女が雪国育ちの強さを持っていらっしゃるからでしょう。詩篇「駆ける夕日」の〔赤い光〕には、雪国で眺める夕日の美しさが感じられ、詩篇「水滴」には、光への希求が思われるのです。
詩篇「干す」は、古い布団を用いて生のおぞましさを、詩篇「打ち捨てられたもの」は、織機を用いて懐かしさを描いた象徴詩。詩篇「存在」は、存在と消滅を蜘蛛の糸で描き出し、〔無意識に／現象として／ただそこで／揺らいでいる〕《存在のあいまいさ》を描いています。書法はさらに幻想・心象詩へと昇華し、詩篇「雪のした」、詩篇「手首」、詩篇「赤い糸」を生み出しました。雪から生えてくる手首には名もない人々の悲しい願いが込められ、胸を打ちます。

私を見て　私を見て／と叫び続けた／手首／／痛い痛い／と泣いた／手首

（「雪のした」より）

むらやまさんは詩に、擬音語・擬声語・擬態語をたくさん用いています。この用法を私は否定しません。なぜなら擬音語などから生まれる滑舌の良さをふんだんに盛り込んだ文学が曲亭馬琴に代表される江戸文学の醍醐味ですから。しかし〈カタカナ〉〈ひらがな〉で書かれた彼女の擬音語などには、ある抒情が醸し出されていることに気付かされるでしょう。詩篇「打ち捨てられたもの」の〔シャカ　シャカ〕織機の音や、詩篇「雪のした」の〔じんこ　じんこ〕には、耳から聞く《ことばの音色》がとりいれられ、彼女の観察は耳音にも及んでいることが分かります。

詩篇「箒木」は擬音語・擬声語・擬態語を〈ひらがな〉で捉えた逸品です。

ぼうぼう　ぼうぼう／風が呼ばなくとも／箒木はひとりで泣く／ぼーお　ぼーお　ぼーお　ぼーお／内面の寂しさを吐き出す／ぼっ　ぼっ　ぼっ　ぼっ

（「箒木」より）

むらやまさんは《ことばの音色》に《存在の寂しさを聞く》詩人なのです。

最後になりましたが、才能ある優れた詩人の目覚めと、めざましい成長の瞬間に立ち会えましたことに、感謝と喜びを感じています。

令和二年三月吉日

詩集　空とことばの隙間で＊目次

詩集　空とことばの隙間で

I

問い

降り出した雪の真ん中で
雪を摑もうと手を前に差し出す
天に向けた顔に
雪は降り積む

紅い頰に、短い髪に、黒い瞳に
雪は降り積む
大きく足を開き　手の平を広げ
ジャンパーに、長靴に、

雪は降り積む
それでも上に顔を向けたまま
天を仰ぐ
雪は問うている
覚悟はあるのか
雪は問うている
覚悟はできたか
雪は問うている

雪はいつまでも
問うている
答えられぬ問いを
止《や》めようとはしない

蝶

空気の流れが気まぐれに　蝶を浮かせています
野原の中　蝶が漂っています
花の上で　蝶が戸惑っています

蝶は風に身を任せているふりをしています
蝶の羽は飾りなので　飛ぶことができません
蝶は空気の振動に　右往左往しています

蝶は花に呼ばれることも

花に誘われることもありません
蝶が花を訪れるのは
無聊を慰めるため

蝶が蝶であることに　飽きると
花をからかってみたくなるのです

蝶は
ただ蝶であるために
蝶であることを　捨てました

駆ける夕日

街中のウインドウは
じとじと　ざわざわ
赤い光に閉じ込められる

赤い光の帯はビルのあちこちに
ぬたくりの後を不気味に残す
ビルは汚された壁面を無惨に晒している

音を立てずに赤い光は空を飛ぶ

信号機に貼り付き困惑を醸し出す
色に錯乱を生じさせ
信号機の役割を封じる

赤い光は街路樹を駆け上がり
一瞬のうちに樹を殺す
色覚の異常が発生する

赤い光は尖った刃を振り下ろし
道行く人の頭上を打ちのめす
あたりを血の色で覆い尽くす

澱んだ気怠い空気の中を赤い光だけは
狂ったように町を彷徨う

じとっと　ぬたくりながら　広がっていく

空を染め　海を染め
空気を染め　風を染め

一日の終わりに決まってやってくる
赤い光の復讐

干す

古布団の上で長い間留《とど》まっていた
体の放つ体臭と温度と湿度が
肉体のように立ち上がる
夢の欠片を
体に巻き付けながら
ゆらゆらと立ち上がる

布団を持ち上げると
ぬくみと臭いは私に絡まり

締め付ける

肉体が持つ疎ましき重み

肉体が持っていたおぞましさ
呻《うめ》き　唸《うな》り
それらが渦を巻いて
ゆっくりと立ち上がり
縄文人か　弥生人か
おのれの肉体に
幾重にも地層を積み重ね
ゆっくりと立ち上がり
行き場を探し求めるように
彷徨い出す

古い布団は恨み辛みの権化か
目眩《めくら》ましを効かせるように　太陽に晒す
権化の亡霊は　怯んだように縮こまり
ゆっくり溶けて
おのれを解放していくのが
見える

しかし
なお
自分の内になお留まる
疎ましさ

水滴

しまりのない蛇口から
ぽたり水滴が落ちる

暗い道を通り抜けてきた水滴は
光の羽を身に纏い
一瞬浮き上がりすぐに
羽を畳んで落下する

光に掬い取られた一瞬

わずかな水蒸気は
花びらのように四方に飛び散り
空中に消える

まわりを光の粒で
明るく照らしながら
透明な気配を
空気に映し出す

その気配の中で
私の影がぽあんと
人間になる

打ち捨てられたもの

シャカ　シャカ　ツー　ツー
リズミカルな織機の立てる音
今は使われなくなった織物工場
ぼんやりとした明かりの中
見えない人が窓から落ちてくる陽を頼りに
規則正しく織物を織っている
織機の足の下で蹲っている小さな背中
織台の下に埃が溜まっている
息を吐くと埃が空中に漂う

小さく口を開け息をする
早く私を見つけて欲しい
キーン　空の上から高い音がする
懐かしいもののように聞いている

ギーギー　グッ　グッ
うす暗い階段の塵を踏んで　おそるおそる上がる
音は懐かしい音を出せた喜びに　更に音を高鳴らせる
つま先で気をつけて上がっても　嬌声を止めない
使われなくなった縫製工場
二階には明るい空気が
裏切られたように広がっている
所々に置かれた黒い足踏みミシン
手で触ると昔に引っ張られる

小さな指を乗せるとカリッと冷たい音がする
明るい光の中　塵が飛んでいる
スー　スー　フラ　フラ　塵が舞う
久しぶりに見た生き物に喜んでいる
背中がぞくぞくする

床を這い　空中に飛び上がり天井を伝い
壁に巻き取られていく見えないもの
子供色に染め上げられた世界
子供の刻に巻き上げられた
打ち捨てられたものの気配は
そこかしこに漂っている

災害

会話は切り裂かれて
醜い内臓をさらけ出す
あくびは醜さに
目を隠す
町は涙を拭うハンカチさえ
持ち合わせていない
水は焼けただれたまま
ビルはおのれを隠そうにも
身を寄せる先もない

信号はおろおろするばかり
町はどこに行ったのか

川は蝶が落とす影に心奪われていた
山は水の自由に憧れた
樹は風のにおいが好きだった
町は理路整然としていた

川は荒れ狂う己を沈める術を放棄した
山はおのれに起きたことを説明できない
樹は言葉を閉じこめた
町は順序立てて会話することができない

一瞬という時間は

永遠で
あまりにも
うつろ

誰もはなしことばを持てなくなった
言葉は今も内臓で埋め尽くされている

やまない雪

雪は泳ぐように　降る
雪は初心者のスイマーのように　降る
横に逸れたかと　思うと
思い直したように
進路を正し、
それでも横に逸れ
かろうじて仲間にぶつからぬように　降る
息継ぎの不得意なスイマーは
時々　息継ぎのため　進むことを止め

一度浮き上がり　息を溜めると
また　進路を進んでいく
リズムを見つけられぬスイマーは
時に　先のスイマーを追い抜いて　降る

雪は誘われるように　降る
大きさも重さも様々な雪は
浮き上がる力を無理に押さえるように
散るように　降る
直線路を潔しとしない雪は
横に逸れ、漂い
彷徨うように
躊躇しながら　降る

雪は考えごとをする人のように　降る
後ろを振り返り
後悔とあきらめに身を忍びながら　降る
心を動かしながらも
ひたすらに
降ることを
やめはしない

雪のした

のんのん　のんのん
雪が降る
じんこ　じんこ
雪が降る

山にも川にも畑にも
じゃっき　じゃっき
雪が降る

町にも道にも家にも
ざんこ　ざんこ
雪が降る

すべては
白い皮膚のした
日常は白い皮膚のしたで
虫のように蠢《うごめ》いて……

重たい気配が下界まで降りてきて
閉じこめられた空間は
張り詰めた空気を
気まぐれのように揺すり
息を凍り付かせ　音さえ掬《すく》い取る

夜になっても　雪は降り止まぬ
町は薄もやの中で陽炎のように　心許ない
ぽっと点った灯りが　灰色の闇の中で　揺れている
人々がつけた足跡だけが　線路道のように
窪みを一直線に伸ばしている
音も温度も色彩も停止した世界

夜が更けると　白い世界は蘇る

川も野原も　白い皮膚のした
白い皮膚のしたにはくぐもった
血管が延び内臓が肥大し肉がこびりつく
からまりあったものたちが

くろぐろと立ち上がり
白い皮膚を持ち上げ
ついには手首を皮膚の上に延ばす
皮膚のしたの怨念が手首となって顔を出す
ぎりぎりのつらさに耐えていたものたち
堪えきれなくなった　呻き　唸りが
手首となって立ち上がる
かすかな重みを手首に託し
揺れてゆく

心許なげな一本道の両脇に
たくさんの手首の花が咲く

長く伸びた腕と手指

同じ方向を向いて
時折　手首を揺らして揺れている
白い手首　褐色の手首　小さな手首

白い異界の中で
並んだ手首が
おいで　おいで　をするように
いや　いや　をするように
並んで
揺れている

志半ばで
倒れた
手首

私を見て　私を見て
と叫び続けた
手首

痛い痛い
と泣いた
手首

無我になりきれない手首が
揺れている

無念さが
白い皮膚のしたから

怨念となって
発芽した

雪はところ構わず
降りつもり

手首の上にも
じんこ　じんこと
降りつもり

無念の上にも
のん　のん　のん　のん
降りつもり

雪は
ざんこ　ざんこと
降りつもり

雪は
じゃっき　じゃっきと
降りつもり……

遠い雪国では
雪が一週間も続くと
行き場を失った魂が
雪のしたに
根を張るという噂がある

II

私の肉体の上で

私の肉体の上でひとしきり踊り
リズムをとりながら
飛んでいったものたち
私の肉体の上に唾や爪痕を残しながら

私の肉体の上で飲み酌み交わし
饒舌に酔い
底に沈んでいったものたち
私の肉体の上に粘液や傷あとを残しながら

多くのものたちが　交差点のように
行き来し消えてしまった

愛は不毛の連鎖を呼び
正義という思念の散逸

計算高いものたちは皆去った

私の肉体は打ち置かれた獣の肉のように
堅くなるばかり

堅い肉体の上を
何千というミミズが花のように覆い

その物差しをこすりつけ
闇の深さを測ろうとも

肉体は石のように
堅くなり
土はそれらを
忌憚なく覆い尽くす

ママ

家に帰ったら
ママが庭で
土に埋まって
笑ってた

肩まで土が被っていたので
重くないと聞いたら
ちっとも
と　ママは笑ってこたえた

とっても優しい笑顔だったので
もっと笑ってもらおうと
そばの椿の花を
髪にさしてあげた

きれいだよというと
ありがとうと笑ったんだ

いいにおいがするから
きょうはこのまま
ここで休むねといって
ママは目をつぶったんだ

影あそび

虹が壁にできた濃い自分の影と向き合っている
自分の影に近づき　頭を押し当て　足も差し出す
自分で自分の存在を確かめているのか
しばらくして　どこかに飛んでいった

宇宙で
太陽と月がかくれんぼをしている
太陽の影が徐々に広がっていく
大きな太陽が小さな月にすっぽり隠れる不思議

地球がそのかくれんぼに参加して
月の影を見せることもある
自分の体で相手を隠すことでできる影

地球上で影と遊ぶ
月にぶら下がり自分の影を
地球で揺らして
太陽の光を腕で遮り
影だけを地球に落として

よろめきながら
影を探す
濃い影
消え入りそうな影

揺らめく影

死の影は
どこに隠れたのか

宇宙では
星たちが
影踏みをして遊んでいる

死の影が姿を現す前に
さあ　虻も私も宇宙の影踏みに入れてもらおう

球《たま》

二人の視線は交じり合わず
りんごはその甘さを隠せない
光が辿っていく道は
一直線なのに
行き着く先はひとつではない

りんごの柔らかな曲線は
その中身よりも
自己矛盾を顕わにする

七星てんとうは
赤だけが黒より目立っていて
野菜の茎を行き来する

地球の上の生物は
宇宙から射す光を
天命のごとく受け止め
右往左往する

ブランコには　風はいらない
揺れるには気合いさえあれば
十分だと　かの有名なアスリートも
言っている

野原に刺さった一本の筒
入り口はあるのだが
出口はどこか

風さえ近づけぬ
廃墟跡は
おのれでおのれを始末する

りんごは蜜の甘さを抱えたまま
はじけ飛ぶ

影

歩いても歩いても　追いつかない山のてっぺん
足の裏は影を踏み
背中はかつて生まれたかった弟がしがみついている
私の身体は土に埋め込まれた
足から生えた根は毛根を広げる
私の呼気はどうにか持ちこたえる
影が私のように移動する
垂直方向に一歩動くごとに
私の中で壊れる音がする

壊れたものは何だったのか

不完全なものを補う歩行ではないのは
明らかだ
ぽとんと落としながら馬が坂道を駆け上がって行く
糸を引っ張り上げるように
転がりながら成長する葉っぱ
岩の間に落としたもの　壊れたものが広がっている
何も聞くことはない

すべては明らかだ
影は私を引きずりながら上っていく
山頂に何があるのか知らない
欠損だらけの肉体を影が引き上げた

とき
一面のつくしを見た
ぎざぎざ頭を乗せて
一斉に同じ方向を向いている
不気味
一本足が何本にも見える
欠落した目には多くの手や足が見え
それらは同じ方向に繋がっている

見えるのではなく感じる
かつてここにいたことを
恐怖は最期の砦であった
内臓を蝕んでいく

あなたが呼ぶ声が
どこかで聞こえたとしても

土砂降りの雨

どしゃぶりの雨が降っている
坂道を傘もささずに少年が駆け上がってくる
のが
見える

雨が煙っている
少年が雨の中に見え隠れする

こちらに駆けてくると見えたのは

一本の木だった

木がどんどん坂を駆け上がってくる
雨はますます強くなる
目を凝らして見ると
「木ではない」と言う札が
通りすぎた

木でなくてあれは
私であったのか
振り向くと
私は雨の中を遠ざかっていった

大いなるもの

風が青い舌で嘗めつくして通ると
草原は白い項を見せ翻り
それは波紋のように次から次と広がり
草原は青い舌の感触を
体全体に広げ
波のように白い項を持ち上げようとします

体に帯となった光が走ると
光の粒があふれ出し

一本ずつの草は呪縛を解かれたように
なだれ込み
次々となだれ込み
草原は
まるで一つの生き物のような
意思を伝えるのでした

草原に伝言ゲームのように
広がる一つの意思

厳粛なひとつの意思

その意思に従う方が
自然なような気がしました

その要求を
足を地面にしっかり立たせることで
必死に耐えるしか　なかったのです

存在

じとじとと湿度が窓枠に流れていく
これ以上明るさは望めないという窓枠の光度
蜘蛛が窓枠を這い
銀の糸が追いかける
急ぐでもなく　取り立てて速度を緩めるでもなく
蜘蛛は平然と窓枠を歩く
金属の枠は温度を内部で高める
銀の糸は光線の点滅によって

存在と消滅を繰り返す
わずかな風が糸を揺すり
私に絡みつく
私は風と光に弄ばれ
波打っている

蜘蛛と糸
それに私
漂っている

無意識に
現象として
ただそこで
揺らいでいる

深夜

夜が蠢いて
体を広げて
空間を平面に見せる

ぴかぴかに磨き上げられた蛇口は
ほのかな灯りを集めて浮き上がる
蛇口の影に突き放されて
裸の水が落ちてくる

裸の水は液体になりきれず

シンクタンクに
金属の
カキーンという音を鳴らす

カキーンという音は
宇宙の闇に吸い取られ
あたりは静寂という
寂しさを浮き上がらせる

シンクタンクに立ったまま
いまだ　水になりきれない
闇には映し込むものは何もない

裸の水は
透明なまま
未熟なまま
自分が何者かも知らずに
夜の手足に
絡み取られていく

一層暗い夜に裸の心が蠢いている
闇の底を軟体動物のように這い蹲り
ずるずる地を引きずり
くねりながら　もだえる
音にならない声を上げながら
なおも　のたうちまわる

底を這い回り、壁にぶつかり
そこに一滴の光を見いだすと
それに縋り付くように動きを止める

闇に掬い取られ
ようやく安堵を感じる頃は
あたりは白々とした
夜の突き当たりに来ている

裸の心は白い気流に掠《さら》われて
明日へと昇華されていく

再《ふたた》びの朝を
神秘的な朝として迎えるために

赤い糸

赤い糸が足に絡みつき
行く手を阻む

赤い糸を引っ張ると
足に赤いすじを付けてしがみつく

力を入れると皮膚に食い込んで
赤い血の流れが外に吹き出す

たかが糸じゃないか
思い切り引っ張ると　痛みは広がり
血は出口を得た喜びで　流れを止めない

赤い糸は血流に乗り　体中を巡り出す
長い糸は
体を一回りしたところで
憑きものが落ちたように　私の掌で丸くなる

赤い糸は母が作った人形の着物の一筋
古くなって糸が袖から出ていたのを
昨日ちょっと引きちぎった

何十年も同じ場所に閉じ込められていた

赤い糸

私の足に絡みつき
私の体を一巡りして
私の何を見てきたのか
掌で丸く縮こまっている
赤い糸
突き放したいような
愛おしいような
赤い糸

母の辞世の句を述べよ

赤い血

朝　鏡を見たら　上の前歯が下唇の上まで延びていた
歯にはうっすらと血が付いている
以前　森で見たモグラの屍体の歯そっくり
先が飛び出て　尖っている

昨日から右掌を黒い棘が動き回っていて、むず痒い
この棘は確か昨年　薔薇の棘が刺さったのを
そのままにしておいたもの

それらの異物が私の肉体を嚙っている
歯はこれから伸び続けるのか
棘は体中を回り続けるのか

私の体は吸血鬼になるのか
薔薇の木になるのか

もしかしたら
薔薇の木になり
棘で人を刺し　生き血を流し
薔薇の顔に尖った歯が延び
二段構えで
生き血を吸い続けるつもりかもしれない

赤い血は生臭いか
蜜の味なのかは
それとも
私の体臭なのか

変容する雨

立ったまま雨が降る
赤子の掌のような白梅をぬらしながら
歩いたまま雨が降る
濡れまいと急ぐ犬の背をたたきながら
走ったまま雨が降る
濡れまいと流れを速める川を追いかけながら

迷ったまま雨が降る
途方に暮れる私に強く降りかかり、決断を促し
小雨になり、心の弱さを突き

それでも迷った雨は
迷ったまま
降り続ける

箒木

ぼうぼうと髪を逆立てて
横に広がるかと見せかけて
上にも伸びようがない

中途半端な形で浮かんでいる
頬を膨らませて浮いている

緑から薄紅に霞んだように色を広げていく
内側に茶色の茎を残しながら

外側だけは季節の色に囚われる
ぼあぼあした内面に何を隠しているのか
たくさんの茎が狭い内側でせめぎ合っている

ぼうぼう　ぼうぼう
風が呼ばなくとも
箒木はひとりで泣く
ぼーお　ぼーお　ぼーお　ぼーお
内面の寂しさを吐き出す
ぼっ　ぼっ　ぼっ　ぼっ

今日の寂しさは今日だけのもの
明日になれば紅く染まるかも知れない
秋の夕日のように

一瞬でもまわりを照らせるかも知れない
たとえ寂しさを抱えたままだとしても
外の明るさで自分を
紅く染め上げることはできるだろう
けれど
暖かさを引き算するように
寂しさを足し算するように
内はだんだん冷えていく

祈り

海から引きずり出された
鰺は青いワンピースになり
裾に白い波を立てていた
雫が海水玉になって　服を彩る
まだ十分に乾ききらないひものは
触ると　じとっと湿度が手に伝わる

その脇に
白い帽子が
壊れた船のように転がっている

舳《へ》先《さき》を上にして　海水に満たされた端から
汗のような水が　こぼれ落ちている

タンスいっぱい　海のにおいで　満たされる

私は患った目をしばたき
鼻は海の臭いで溶け出しそうだ

タンスを開けた途端
海水が流れ出す

海の中には
透明なブランコがあり
青いワンピースを着た女と

白い帽子を被った男が
ゆっくりブランコを漕いでいる
動くブランコから
しぶきが息のように
泡を作って上に上がっていく

しかし
ブランコを握る手は
からからの骨
目は落ちくぼみ　がらんどう
時々
ブランコの鎖と
骸骨の擦れ合う音が
泡にまみれて

上昇し浄化する

ぷつ　ぷつと
泡が　丸を描きながら
音をたてて上がっていく
ぷつ　ぷつ　ぷつ

もはや赦されるべき者は
どこにもなく

あたりは
ひたひたと
おのれを打つ音だけが
木霊する

本当の冬

遥か彼方にいる魚は
本当の冬を知らない

いつか頷きあった雪が
憧れをランドセルに詰めて
訪れるのを知らない

夕暮れの雲は
波打ち際で震える

本当の冬を知らない
生命を奮わせながら
時が運んでくる
本当の冬

夜空に瞬く星は
夢を語るのではなく
暮らしの道を運ぶ
本当の冬を知らない

光はいつか空に憧れ
雪は陸地に足跡を
波のようにつけ

新しい発見を
違った読み物のように
未来に繋ぐのだ

あとがき

私が詩を書きたいと思い始めたのは、船橋市での中谷順子先生の詩作講座に参加したことがきっかけです。平成二十七年のことです。それから先生の詩・文芸誌「覇気」のお仲間に入れていただいたのが三年前。月一回の集まりで詩とはこういうものという薫陶をいただきました。

毎日詩と向き合って過ごす日々はことばと向き合う日々でもありました。日常生活の中でことばを探し、それを表現に結びつける。天からことばが降りてこないかと空を見上げたり、地上で生きる生き物から見えないことばをもらったり、そんな繰り返しの中で過ごして来たような気がします。
まだまだ試行錯誤を繰り返しています。
それはことばが何かを連れてきてくれるのを待ち望む日々でもあります。

最後に中谷先生には、本当にお世話になりました。先生がおられなければ、詩集を作ろうという気にはなれなかったと思います。「覇気」の仲間の皆さんにも励ましや助言をいただきありがとうございました。厚く御礼申し上げます。

二〇二〇年三月

むらやませつこ

著者略歴
むらやませつこ

1949年　福井県生まれ
所属　覇気の会

現住所　〒274-0802　千葉県船橋市八木が谷 2-26-16

詩集　空《そら》とことばの隙間《すきま》で

発行　二〇二〇年六月五日

著者　むらやませつこ
装丁　直井和夫
発行者　高木祐子
発行所　土曜美術社出版販売
〒162-0813　東京都新宿区東五軒町三—一〇
電話　〇三—五二二九—〇七三〇
FAX　〇三—五二二九—〇七三二
振替　〇〇一六〇—九—七五六九〇九
印刷・製本　モリモト印刷
ISBN978-4-8120-2567-3　C0092